U0609652

长风不止

鱼跃 著

天津出版传媒集团

百花文艺出版社

图书在版编目（CIP）数据

长风不止 / 鱼跃著 . -- 天津 ： 百花文艺出版社，
2024.1
ISBN 978-7-5306-8738-3

Ⅰ．①长⋯ Ⅱ．①鱼⋯ Ⅲ．①诗集－中国－当代
Ⅳ．①I227

中国国家版本馆 CIP 数据核字（2024）第 009799 号

长风不止
CHANGFENG BUZHI

鱼跃　著

出 版 人：薛印胜
责任编辑：赵　芳
装帧设计：白　茶
出版发行：百花文艺出版社
地址：天津市和平区西康路 35 号　　邮编：300051
电话传真：+86-22-23332651（发行部）
　　　　　　+86-22-23332656（总编室）
　　　　　　+86-22-23332478（邮购部）
网址：http://www.baihuawenyi.com
印刷：三河市华东印刷有限公司
开本：880 毫米×1230 毫米　1/32
字数：160 千字
印张：5.625
版次：2024 年 1 月第 1 版
印次：2024 年 1 月第 1 次印刷
定价：58.00 元

如有印装质量问题，请与三河市华东印刷有限公司联系调换
地址：三河市燕郊冶金路口南马起乏村西
电话：19931677990　邮编：065201
版权所有　侵权必究

孙海军

笔名鱼跃、清然。生于 1967 年 10 月，浙江慈溪人。中国
作家协会会员。作品散见于各类文学期刊，并入选《中国
年度诗选》《诗探索年度诗选》等。著有诗集《鱼跃诗文
集》《备忘录》《大地之光盖过所有的忧伤》《并非不可》
等。客居厦门。

序：诗的长风里鱼跃鲜活的词语

杨　克

　　一位笔名鱼跃的诗人，即将出版诗集《长风不止》，人名与书名构成了很有画面感的意象，长风里鱼跃不止，或者鱼跃中长风不息。让人开卷之前，便生好感。

　　作序常常从整体着手，就诗集通篇全貌娓娓道来，我想另辟蹊径，先来具体谈论作者的几首诗，让读者窥一斑而知全豹。

　　我们先来看这首《俗念》

屋檐下的水缸

我养了许多气象

一叶莲

平卧在水面

几尾小鱼

在叶子下面唼喋

两只蜻蜓来了又去的徘徊

掀起了小小的涟漪

搅碎了叶底下的一个太阳

唉，我在此打坐，你们呀……

搅得我如此不安

这首诗是从一个具体场景开始的，屋檐下的水缸里有一叶莲，还有几尾小鱼在叶子下抢食。这是一种宁静而美好的景象，让人不由自主地陶醉其中。

接着，两只蜻蜓出现了，它们的飞舞掀起了小小的涟漪，破坏了原有的宁静，搅碎了叶底下的一个太阳。这一刻安谧的情景突然发生了微妙的动荡。这可以看作是诗人某种有意的表达，生活中的任何事物都不是静止不变的，不论是美好的还是不那么好的，它们都会不断地变化，这是生活的规律。

从语言上看，这首诗的用词简洁明了，

没有华丽的修饰，但却精准传递了诗人的意图。例如，"屋檐下的水缸""一叶莲""小鱼"等简单而生动的事物，让读者可以直观地"看见"眼前的这个场景。此外，作者还运用了"搅碎""不安"等词语，使诗歌充满了动感和情感冲击力。整首诗干净精练，几乎没有多余的修饰和废话，呈现出优美的韵律和节奏感，极具诗意。

最后，诗人说他在此打坐，而蜻蜓的飞舞搅得他如此不安。这可以看作是对人的存在方式的反思，人们常常被生活中琐事困扰，而这些琐事常常是无意义的，但人们还是很难从中解脱出来。因此，诗人的打坐可以被视为一种寻求内心平静的方法。

诗歌还表达了作者的一种情感态度。通过"我养了许多气象"，表现了一种对于平凡生活的欣赏和关注，同时也通过"搅碎了叶底下的一个太阳"表达了一种对于生命的脆弱和无常的感叹。整首诗歌以诗人的"打坐"中的"搅得我如此不安"为结尾，体现出作者在对于生命和自我之间的思考和探索中所感受到的迷惑和困扰。

这首诗所描绘的是一个平凡而又自然的场景，选择的形象都与自然息息相关，它所蕴含的情感和思考将景物和人物情感有机结合，表现出作者的思维和感知过程，让人们在其中感受到生命和自然的美妙。

李白的《山中与幽人对酌》写道："两人对酌山花开，一杯一杯复一杯。"，我则是与未谋面的诗人对谈，再看他的另一首好诗：《老家时光》：

我家的老屋前，还种着苦瓜
但现在的我，是它的过客

黄色的瓜花
还原着我的记忆
我像是孤单的破木窗上
垂挂的苦瓜
生活像深褐色的苦瓜皮

曾是五口之家，父母，姐弟

排行老二的我

被他们叫作海蛋

为什么这样叫，我也不知道

如今这些都是我脑海里

最初的幸福

如今只有妈妈

还一个人还守着这里

我的思念，像一缕缕瓜藤

又像是她日常升腾的炊烟

今晚月色又如约而至

照见妈妈的白发

照见旧时光里的片段

我还是孩子

妈妈是漂亮的妈妈

家乡和家庭是常见的题材，首句"我家

的老屋前，还种着苦瓜，但现在的我，是它的过客"。苦瓜是一种富有特色的蔬菜，它在这里作为诗中的主题元素，既象征着家乡的味道，也象征着主人公清苦的童年时光。而黄色的瓜花，尽管美好，对苦瓜的描绘和自身与苦瓜之间的比喻，却更让人想起了过去年代的记忆。"过客"将自己与家人的关系比作藤蔓牵绊，暗含对家乡的深厚感情。

诗表现了诗人对"家"的渴望和眷恋，"曾是五口之家，父母，姐弟，排行老二的我，被他们叫作海蛋，为什么这样叫，我也不知道，如今这些都是我脑海里最初的幸福"。这些家庭生活的细节，让诗歌更具生命力，使读者感同身受。诗中的"海蛋"和"苦瓜皮"都是很贴近生活的用词，也让诗歌更具体、更形象。妈妈是整首诗中的重要人物，她的形象被赋予了温暖、朴实的特征，"妈妈是漂亮的妈妈"这句简单的表述，展现出一份朴实的亲情。

整首诗有着深远的意境，借用苦瓜的形

象，表现了主人公对人生的感慨，尽管"生活像深褐色的苦瓜皮"，而主人公的思念，像一缕缕瓜藤，又像是她日常做饭时升腾的炊烟。这种深远的意境，让诗更具有感染力和思考价值。最后一句"我还是孩子，妈妈是漂亮的妈妈"，表现了主人公对过去的美好回忆和对未来的美好期望，表现了他对家乡和家人的眷恋和对生命的热爱。

更有意味的是，诗人呈现了回忆中的幸福与现实中的孤独感。诗歌中描绘了曾经五口之家，与现在只有母亲独守着老屋的寂寞景象，二者形成对比，这种对比既表现出作者对于过去美好时光的怀念，也反映出作者对于现实生活的无奈的思考。既传递了作者的个人情感，也具有普遍的人文关怀和深刻的社会意义。

诗集中这样的好诗不少，《海域》《彩虹下的小镇》《弦》《巨镜之像》《涂抹在半凉的方寸世界》《在树下》《余晖中的河》等，都很隽永耐品。而《亚龙湾遐想》那类洋洋洒洒的诗，展开也充分丰沛。

最后，我们共同再读一首《遇见快乐》：

我端坐在寂静的日子里

而那些鸟儿，在忙碌地飞
它们似乎是在告诉我
不要安于现状

我听不懂来自天堂的语言
只能装懂，点头称是

就这样，我时常守着它们
任时光不紧不慢地走过

我端坐在多余的时间里
融入它们的色调之中
这是生活里最单纯的快乐
或许这就是它们
给我不停唠叨着的理由

这首诗是一个人的内心独白。诗人说他端坐在静谧之中，而那些鸟儿却在忙碌地飞翔。这似乎提醒着他不要沉迷于现状，他说自己无法理解来自天堂的语言，只能装懂，点头赞同。从意象和意义上看，诗以静观天下，诗中鸟儿的存在给了诗人一个找到快乐的理由，它们的活力和忙碌给了诗人无声的鼓励和启示，使他感到生命的强大和力量。诗歌中的"鸟儿""时间的流逝""色调"等意象都不断地在他的身体中流动，享受着生命的单纯快乐。这表现了诗人对生活的热爱，同时也是他试图逃避现实，脱离世俗的愿望。诗的每一行字数也较平均，在节奏上显得平稳自然。此外，忙碌"和"安于现状"之间的张力，以及"不紧不慢地走过"中"紧"和"慢"的对比，都为诗歌增添了一定的冲撞。诗人借用了"来自天堂的语言""装懂"等比喻，表达了对于自然的敬畏和感悟，同时也暗示了人类与自然之间的距离和不同，这也引导人们关注自然与人类之间的和谐关系，表了人对于简单生活的追求。自然和时间有关，这种简约的日子，表现了平凡中的美好。

总体来看，这部诗集是一部具有一定艺术价值和精神内核的作品。诗人情感细腻，以意识流的笔触，超梦幻般的想象力，深刻的感悟，将每一个细节都刻画得栩栩如生。这些诗成功地吸引了读者的注意力。诗人把握住了生活的美好瞬间，成功地捕捉到了人性、历史、自然等方面的细腻内涵。

阅读这部诗集，我们不禁感叹：诗歌是生命的力量，是心灵的绿洲。在这个瞬息万变的时代，我们需要诗歌来抚慰我们的心灵，需要诗歌来唤醒我们对生活的感悟。愿这部诗集能在每一个读者的心中，播下一颗诗意的种子，让我们在忙碌的生活中，感受到诗歌的魅力，体悟到心灵的美好。让我们向诗歌致敬，向天下所有诗人的才华与智慧致敬。愿这部诗集能够激发更多人的文学激情，照亮我们前行的道路。

杨克，《作品》杂志社社长，中国作家协会主席团委员，中国作协诗歌委员会副主任，中国诗歌学会副会长，北京大学诗歌研究院研究员，广东外语外贸大学创意写作中心云山讲座教授，出版有《杨克的诗》《有关与无关》《我说出了风的形状》等 11 部中文诗集、4 部散文随笔集和 1 本文集，并出版有 6 种外语诗集。

鱼跃总是不自觉地承担起讲述者的角色：情感、经验、记忆以及想象在一次次地讲述中获得了重生，诗歌因此在某种意义上化身为"记忆诗学"。

——霍俊明

鱼跃在诗中寻找精神原乡，追索表达的飘逸之美。他向内心掘进，并借情绪释放打通思想的出口。

——张远伦

鱼跃热爱写诗，却没有强烈的发表欲，换言之，没什么"野心"。或许正因所求甚少，他的诗纯洁性和自由度高，绝大部分洒脱通透，目之所及皆入诗，有着说不尽的丰盈、灵动。

——韩高琦

鱼跃没有一般诗人有的那种焦虑，他投入每一首诗，在每一首诗中彻底燃烧。从这个角度上来说，他比很多诗人都更有韧性

——吴小虫

目
contents
录

另一页

此时，有一双眼睛

注视着大地的一团火焰

那火焰没有声音

在慢慢地沉下去

世界渐渐撩起一堆昏沉的孤寂

我靠近最后的落日

通红的光芒

在继续下沉

连同我的形体

滑入黑暗的沙漏

黑暗的最深处

那里星光灿烂

八月的莲花

八月，十里荷塘荡起涟漪

凉风带来回忆，和阵阵芳香

物是人非

当下，又是清莲嬉水之时

迈过莲池

我们看懂、又看清了什么？

烈日炎炎，你来到人间

带着《爱莲说》里的光，在盛夏

无声开放

佛说，无上清凉

这一刻，这一池莲

足够消解我

这深陷着的生活

告别，是最好的想起

我怀念的青春岁月

在布满香气的寂夜

柳梢，被风吹起

可以沸腾的年纪

你我各自，放逐天涯

那时除了面包的香气

爱情也很甜，春风飘逸

在不见天光的晚上

醉倒我们的是一壶酒

当醒来时，一切有如春梦

时间让我们渐行渐远

星月凄然，你走后

再也没有露面

而我仍会想起

那个灰暗时刻里的温柔

还原

春光旧了

那容颜早已不堪入目

日出，黄昏

这是看得见的光阴

在流逝

无边无际的纷扰

零乱、琐碎

我站在无主见的临界点

一半是落日

一半是清月

秘密中的梦

不见平凡

对于逆境，困惑

我还没有周全的诠释

炎热的七月

烈日晒着我

蝉声陪着我

我步履蹒跚

略显瘦小的身影

在旧街巷里，伶仃、飘荡

月下散步

夜挽着露珠

风吹过草坪

我逗留到月亮面前

倚着夜空

白与黑的长廊

风，抚慰着虚无

大地的轮廓

诱惑，我的月啊

你如何可以睡去

月光轻轻捶打

一颗表面沉寂的心

我若有所思

今又几时，这是

我虚无的人间

你缥缈的仙境

最好的安排

我怎能相信

明知道是梦

却反复地做

我怎能错过

眼前的机缘

却故意放过

过去与现在

那是我，那是你

我们一起

落在同一个命运的船舱

我无力改变

或喜或悲

我只能认同

这是命运

我必须彻底接受

你全部不确定的给予

醒来之后

早晨，一束阳光

跌入我深渊的眼睛

门前的小河

泛着宝石的光芒

水草浮动，鱼儿浮出水面

我想起昨夜

两只蝴蝶飞向月亮

那时，周围没有一丝光

醉后的夜，我坐在月亮船里

蝴蝶呢，根本没有蝴蝶

哦，是梦，我醒来了

这是人间吗？还是在天界？

还是我仍在梦里

早春

这个早春

你坐上火车、飞机、游轮

而我自带欢喜

闭关，受戒

在连接天光的地下室

我日夜坐修，静思

这是灰白的上帝粒子

像雪，在开始融化

慢慢地，我的心也变得柔软

并为僵化的皮囊

注入了新的希望

俗念

屋檐下的水缸

我养了许多气象

一叶莲

平卧在水面

几尾小鱼

在叶子下面唼喋

两只蜻蜓来了又去的徘徊

掀起了小小的涟漪

搅碎了叶底下的一个太阳

唉，我在此打坐，你们呀……

搅得我如此不安

看海

我欣然

站在大海的门口

蓝色的海面

点缀着细雨的云

我可以把我的积蓄

拿出一半洒在沙滩上

这是鸥鸟的港口

让我也筑个巢吧

与鸥为伍

轻浮在海面

从此，我愿

做个随波逐流的人

漂至我认真过的彼岸

七月

难以消解的七月

阔叶上，阳光在沙沙响

一些隐忍之痛

没有预感，难以辨认的覆盖

那片打在肩膀上的落叶

像压下来的云山

七月，我握住

一片烧焦的绿叶

像握住了一个人的死穴

烈日下的梦，奔腾汹涌

鸟声，埋在阔叶里，尖叫

一叶死亡的绿，像死去的爱

我忽感一丝忧伤

是的，叶随风而走

鸟声也在远去

现在，我在宁静的树下

看见一枚白色的羽毛在飞

在天光的唇边旋转，驰骋

痴呆患者

他并非是个哲学家
走过小桥，村镇
他要去哪里
貌似在寻找什么
谁也不知道

他走过他的田野，家门
他不知道亲人就在旁边
他撇下了所有的记忆
包括窗口的月光

他走入朦胧灯火
淹没在一座城
消失在风雨里
他与不幸为伍
这并不是他的错

是多舛的命运

他走进一个流浪者的角色

他在莫名移动

像流浪者异样的魂

含混不清

忘记了回家的路

忘记了熟悉的你

忘记了他自己

他诡秘的行踪

像个哲学家，但他不是

他是一个曾经爱你的人

只是现在他忘记了爱

忘记了自己

该是你偿还的时候了

他看不见爱的家门

在一堆废墟旁

面对着世间给予他的苍凉

候车

我过早地来到车站

人挤人的候车大厅

我被嘈杂的声音吞没

这是属于坏情绪的时间

等待，让人心生烦恼

人生如果能撤销

空白的部分

我就打碎

这一刻滞缓的光阴

嗯，撕碎车票不是办法

但到达或是离开

总有余时

多出的无奈与不安

我交给手机和一支香烟

海域

凝视海的一端
此岸，沙滩、礁石
彼岸，浪的琴声

彼岸，此岸
是岛与岛的关系
是一个守望者与他
等待的时间

或许两者的距离
是一根海草
与另一根海草的间隙
但它们属于同一个根
可以相守，可以相望
如此，我们各自为安
这是你的海域
这是我的尽头

老家时光

我家的老屋前，还种着苦瓜
但现在的我，是它的过客

黄色的瓜花
还原着我的记忆
我像是孤单的破木窗上
垂挂的苦瓜
生活像深褐色的苦瓜皮

曾是五口之家，父母，姐弟
排行老二的我
被他们叫作海蛋
为什么这样叫，我也不知道
如今这些都是我脑海里
最初的幸福

如今只有妈妈

还一个人守着这里

我的思念，像一缕缕瓜藤

又像是她日常升腾的炊烟

今晚月色又如约而至

照见妈妈的白发

照见旧时光里的片段

我还是孩子

妈妈是漂亮的妈妈

致长尊

一

时光在夏日的炉火中

燃成灰烬

昨日已别去

你也悄然离去

辽阔的天空

布满凄清的暗斑

人生苦乐长短

当光阴被风卷起

所有活跃的存在

或许只是暂居时

涂抹的色彩

转眼幻灭，成空

二

你不会再来温暖我的心

但我依旧可以回想过去

假如在旧日子里

假如天空布满暗云

我看到外泄的月光

那定是你给的光芒

无论我多么失意，多么悲伤

过去的日子，每当我看到你

就像看到光，被你照亮快乐

三

一直以来，我喜欢听你说话

那是你浇灌我的

就像平日里你给一盆花木的养分

我身体里的部分香气

有着你给予的浓郁，我不可能忘记

四

我还在迷途前行，但你已不复存在

往后，我只能在祈祷中与你谈心

我会叹息，时光终究要带走一切

但回忆或许可以延伸

你消瘦的身影，在日常里

时时握着一副神赋予的纸牌

莫非你对生命也持有过怀疑

现在你走了，什么也没留下

是的，人生无须留下太多

偶尔还有人追忆，足矣

（我的这位九十高龄尊长驾鹤西去，我是他的侄婿，与他相识三十载。他温文尔雅，博学多才，他与我无话不谈，很多时候半天也不够聊。随着时间推移，我与这位尊长有了双重关系，从血亲上讲是侄婿，但从志趣上讲，我们是忘年交。今尊长已逝，不思量，自难忘，无处话凄凉，写首小诗，权当祭奠。）

彩虹下的小镇

1

彩虹染天，暮色降临
小镇，进入幻境深处

炊烟人间，石桥，深巷
雨中散步者，
还有那个伞下倩影……

2

我的岁月早被风吹老
今天夏雨如期而至
时光变迁，又会改变什么
江水依然向东入海
潮信依旧反哺海岸

大雨会给这深巷带来什么

除了湿润空气里长出的

许多不同颜色的伞花

3

旧街，依然人来人往

铁匠铺消失了

难道，田地不再需要耕种了

针线铺消失了

难道，湿漏的天已不需缝补

旧景并非好景

消失并非摧毁

现在，铁匠铺成了内衣铺

巨幅广告上，躺着半裸的女人

旧街的雨纠缠着我

疲乏、老去的身体

好在，予以我想象的少年

仍是你我

共有过的，那滴晶亮的雨

梅雨季

梅雨季里的江南

我的手捏着湿透的空气

我愁郁的心

无力掀开乌云密布的天空

但日子依然被每个清晨打开

千方百计的一天

百无聊赖的一天

无所作为的一天

我想尝试做我自己

做个柔软透亮的我

我带着以往的素色过完今天

嗯，日子平凡

它的终点都行向暮色暗地

我转身时，瞬间的世界

像是一幕绝景

天日在泥浆的雨水中坠落

黑幕悄悄覆盖住整个大地

历史

一匹古马，驮着我的旧文

尾随的月光下，草地，花朵

老子正要出关

沉默着，去寻找他的"道"

我听着马蹄声

那是孔子，周游列国

在宣讲他的克己复礼

我躲在暗处

避开虎狼之心

一个个兴旺的朝代

一个个沉沦的王朝

一个王国替代另一个王国

那更替的不是国，是人

一匹古马，驮着的不是思想家

驮着的是一个王朝的嘴脸

古马驮着光明漫过五千年

却无法照亮人性

也是五月

落日，一颗巨大的橙子
滚落在一座无眠的城市边缘

我在僻静处，听百鸟齐鸣
天空里一片旋转的碎羽

周边的植被茂盛
季节正在改变我身体的温度

大地释放着它永恒的美

此时，暮色在暗沉下去
我情绪略带忧伤……

七情之悲喜，伤竟如此猛烈

碎羽很轻，它要飘向哪里
谁又在敲响这古老的暮鼓

阳盛而衰，阴盛则亡
生死，聚散，在轮回中
酝酿着另一个岁月

五月已在暗处醒来
希望之花仍在人间

不会再有消息

当我们不再在一起

那棵大树是孤独的

当广场没有舞者

空气也是孤独的

是的，已许久没人回应与喝彩

我原想把这杯水

变成酒

这样，我们可以大喝一场

你来我往，共诉衷肠

可你没有回音

我闷闷不乐

只能独自困在斗室

独自抽闷烟，喝闷酒

继续等你的消息

但我知道不会再有你的消息

遇见快乐

我端坐在寂静的日子里

而那些鸟儿，在忙碌地飞
它们似乎是在告诉我
不要安于现状

我听不懂来自天堂的语言
只能装懂，点头称是

就这样，我时常守着它们
任时光不紧不慢地走过

我端坐在多余的时间里
融入它们的色调之中
这是生活里最单纯的快乐
或许这就是它们
给我不停唠叨着的理由

在山林中

一个春天来了
坡上又长满青草

都说僻静的地方才适合修行

这里松风翠竹
可以不想悲喜

今天是特别的日子
人这一生啊
时光有限
有人早就在此长眠不醒

可是，我们还不知珍惜
愚昧着豁出全部
到有一天才知道
原来豁出去的都是命

窗外

在窗外

雨声

喧嚣的尘世

在窗外

流风

纷飞的希望

在窗外

花朵

斑驳的岁月

在窗外

闪电

渐浓的暮色

车水马龙

莺歌燕舞

在窗外

那么多橙色的往日

又是清明

又是清明，松风吹过半坡

迷幻崎岖的山路上

有鸟儿飞过盛放的花朵

仿佛这哀思的国度

或是生者的悠然处

白云南的山，空寂，无声

你在这里不来不去

早些时所遭遇的疼痛

像这晨雾，已渐渐散去

此时，云光在南山之上

很轻，很轻

杨梅树的绿

略带至暗的光

古绸一样的草叶漫过茔冢

来去的路，仿佛被荒芜铺满

我珍视着靠近

爷爷奶奶的南山

父亲的北山

摆上祭品，点一缕香

那悠扬的烟尘

消融在往昔里累积的悲伤

一旁有少许颤抖着的冷枝

尚未被春光消解

它们仍然睡着

是不知季节

还是假装不再醒来

幽谷了无声响

我胸口翻腾着旧景的汹涌

这些草木明亮而深情

略带褐色的四月

饱蘸着我，既而

灌入我缅怀的腹部

或许阴郁只是一瞬

那只荒林中的鸟叫声

仿佛是说生命不息

不必悲伤

三月

这是三月，风从东河畔吹起

阳光不止一次地呼唤花蕾

浮萍还在水平面下闭目禅修

而有些梦，不肯醒来

在白日的焰火里持续翻滚

街路越走越深，天空越看越高

葱郁的茂树覆盖着无数的鸟声

人流汇集，又散去

走过的时间，已成往昔

而这副陈旧的躯骨刻录着

曾有的青春与年少

回首时，还是春色无边

"人面不知何处去"

现在这般，非是桃花

满街色衰而落的樟树叶

这一生何其短啊

不幸与甜蜜

都在轮回的路上发生

在三月，走过去是梦

停下来依然是梦

我愿

我愿用我全部的爱

来呵护你

无论光明

无论黑暗

活着，就得有希望

就得想着爱

只要想起爱

我来这世上

爱过你的世界

一切与美有关的相遇

这是你为我

燃起的幸福

我这一生

所遇见的顺境、逆境

都带着爱

我像是行走在幸福路上的那个人

像是睡在爱情诗里做梦的那个人

疑惑

我留下很多回忆

显然，这一生自有安排

但我仍疑惑，有命数的说法

冥冥之中仿佛一切皆已注定

无论错对，一切交集

如梦，如剧本的演出

是啊，谁也无处逃出

每个人在天定的人生剧本里

但我们没有导演

无法预知，预设的结果

嗯，既然如此

就无关好坏

来吧，我已欣然接受的一切

瞻仰孙氏宗祠

这是我祖辈走过的石桥

现在我凝视它

时光千年不散

我在质疑，石桥这般骨瘦

它该如何

承载这个显赫的家世

经过石桥

我回头思量这江水

苍凉的岁月里

不知牵过了多少匹烈马

再往前慢走

右边是黑瓦白墙的百姓之家

左边是几分杂草

一番空地，腾出来一个天空

遗风在盘旋

将相的故事并不遥远

我站在祖辈的祠堂外端详

高耸的砖墙

仿佛隔开了现世的喧哗

两边油光的石墩，倚门而立

齐腿的门槛，让我顿生敬畏

读着"孙家境"的时候

心中默叹

我辈不才，躬而礼之

天空飘落下来的静

静

从夜的天空中

飘落下来

无边无际的静

如此遥远

我的心

时而恍惚

时而明亮

我想走出去

我想走出去，为什么？

守着日落星辰

这一刻的家园

如自设的牢

我要走出去，站起来吧

抽身离开，这如针毡的宝座

谁在唱，这楚歌的旋律

残酷与凶险叠加在一起

我们被埋在灾难的中心

周遭都是陷阱

每走一步

像要跌入刚被挖掘的万丈深渊

伤感的二月

让人伤感的二月

乌云压了下来

我喘不过气

二月

太阳仿佛从未来过

我们失去了阳光的消息

二月

一个英雄走了

有人落泪

我哀悼

二月

我就以茶代酒

敬我的英雄

一路走好

二月

我哪里也去不了

看长江在咆哮

黄河在怒吼

喧嚣的世间

云，铅色的翅膀
遮住西去的阳光

这会儿的风吹进城市
滑过脸庞，吹乱了
我本该寂静的心

人生总是那么激烈

或许，一场风云变幻之后
才能真正体会失去或得到的滋味

天空时不时地奔涌翻滚
而眼前的城市依然富丽堂皇

大地苍茫空寂与之合奏

穿梭的人群车马

嗯，世间喧嚣

如一首歌

怎么唱也唱不完的红尘悲歌

情人节

一缕春风趁你不注意
紧紧地抱住你

一缕春风趁你不注意
悄悄地擦肩而过

一缕春风它闪烁着光芒
靠近你，亲抚你

一缕春风在交错的时光中
吹起一朵朵的玫瑰花

一缕春风，旋转，旋转
——溅出撩人的汁水

傍晚时分

傍晚时分，被昏沉占据的目光

无处安放

也许把前院的大树修剪一下

天空可能会变得明亮

植物明亮，而声音喑哑

我久居于秘密花园的树旁

喜形于色的人们在匆匆走过

但我始终不知道

她们是谁

我只知道那棵树里

有那只蝉，那只鸟

它们适合与我，相伴，交流

所以我予以寄托

如果能像它们一样随心

那该有多好

如果可以

阴郁的暗夜

我攥紧十指

这凝固的时刻

我想把它纺成

另一个

乌托邦

五色图
——看画展有感

稻穗像一位智者

低着沉甸甸的头

闪光的秋色啊

一片丰收在即的景象

那人用一滴墨汁

向天空涂上五色

田野，满眼的绿与金黄

左边的一角

那红色的印痕

像太阳的指痕

忆旧景

那条自东至西的街巷

流水穿过石桥

照见了谁

古朴的木房子

春秋几度，岁月不断重叠

曾经这窄小的街路

高低起伏的石板路

这里是我早先

认为的天堂模样

是的，我仍然执迷烧饼

油条的香气

现在汉堡，披萨房

占据我旧时光的领地

我还是过去的我

我仍然在旧景里

我知道我在幻想

我有再次年轻起来的感觉

是的，在我心里的我

还有这街巷，永远不会老去

无题

我从没停歇

但我仍无法抵达

我的天元乡

我在这里，听命于你
是的，我无从选择
我为宿命举起双手
你或我的人生路
在一条弯曲的线上
所幸我们还知归路

我知道你一直在等我
是的，我远游已久
就让我们继续相依为命
是啊，我像飘零的叶子
而你是我的根
我怎么可能不回来

是的，你是我的根
无论我如何漂泊

都走不出我心底的后花园

嗯，皆因你是我与生俱来的福祉

嗯，你是我一直深爱着的归属

弦

1

一把吉他的弦
岂止五音
风云雷电雨——

2

我用心，轻轻拨动红尘
结婚了，生子了
这是快乐，幸福的弦

3

青春的弦断了
女人剩下一条哭泣的弦

我经常听到此种声音

4

我拨动大地的弦

尘土呼啸

人类与地球

那两者之间哪一个会坚持到最后

5

哦，有一些人，在弦外

总扯那些没用的东西

什么世界末日，什么未来

6

拨动天空的弦

空气发出沙沙沙的声音

它们会避开一些事物

带着一些明暗的问题

我要用什么去探究，去分辨

7

拨动大海的弦

浪潮席卷，扑向航海的灯柱

那月亮正驶向天空

8

拨动大山的时候

松涛呜呜地叫响

它们用孤寂与苍凉的声呐

在自鸣不凡

是的，大山正给出它的氧分

世界成了绿色的海洋

9

我一直拨下去

他们也一直在江湖合奏

是的，音语丰满

我们各自扮演高贵与卑贱

夜雾中

你在哪里？你将去哪里？
浓雾遮住的世界
你我看不见对视的眼睛
这样的时刻，你能去哪里？

嗯，这样我可以隐藏我的狼狈
可以像仙人一般

我站在雾中，这是你的城市
如同虚设的幻境
我腾云驾雾地来
又若即若离地去
恍如天人降临
走着太空步
降临悲喜的人间

亚龙湾遐想

一

如果这里是天涯海角

那我愿是那个沦落的人

如果这里是彼岸

那我一定会看见

红树林中曼妙的裙纱

和大海上耀眼的灯塔

二

撩拨的风，掀涌

一朵朵白色的浪

面朝大海，我在等待什么

我致敬天空，又想许下什么愿

我在寻找去年的今天

那艘为你而来的船不见了
沙滩是滋生爱情的地方
那裸露的海螺与贝壳
像爱情燃烧后的遗址
见证，幻觉与谎言的存在

三

我抬头望见白鹭在飞翔
海，有节奏地呐喊着
这里属于谁
我该如何靠岸
风不停地摇着海面，摇着我
我的希望，包括难忘的回忆
我一一握紧的海岸线
像好梦一样的漫长

四

潮水无端地涌上来

但它知道就此止步

它要带走什么？

被掩埋在沙里的记忆

是的，我们的过去

早已无迹可寻

五

虽说大雪之际

让我惊诧不已

是什么样的神力把这北雪

消弥在南国的天空

周遭的花朵，情欲的海浪

如此冬令，太阳伞，墨镜

那顶白色的太阳帽

在显示她与众不同的光芒

六

我们又聚在一起

好吧，让我再走远一些

在无限的热情面前

滔天的巨浪算什么

噢，你看这大海

沉浮，像无常的世事

但我更喜欢这南国的轻风

可以安抚我这茫然的身躯

七

潮水亦复如是

我们又一次挥手告别

远方，在尽头深处

从天涯海角折回

噢，那一定是新的起点

八

微风总是如此清凉

那琴声穿过黑暗的海洋

我想起我的过去时光

我叹息，一路荆棘

而我挺起胸膛

我知道大海也会哭泣

现在我沉醉在沉醉的夜晚

愿和你在一起

愿和迷人的世界在一起

九

我的行囊

可否把广阔的南海装下

都说彼岸是快乐的天堂

是的，海鸥们

正展开动人的翅膀

而我在黄金的沙滩重拾旧时的忧伤

我怀念的雪人啊

和这南国的火焰

她们好近，好近

那是我的秘密，我心中的供品

十

这也是生活，我无法定义

大海给我们带来什么

没有爱情的早餐

没有情人的红酒

寂寞的沙滩走着一个寂寞的人

如此，如此

我只能把语言倾诉在清新的空气里

一个人的早晨

看那轮太阳正在升起

噢，不错，的确，晨曦很美

十一

涛声自耳边传来

这些日子我常常默问大海

大海只给予我涛声

显然，我的旅行是静止的

是的，涛声一直很沉，很沉

我浪迹于此，千言万语

现在我要把这椰子剖开，尝尝

我们凋谢的青春，和逝去的爱情

十二

现在我想修改我的行程

留下来，埋在这黄金的沙滩

不问烟火，不问雨雪

就此靠岸，抛锚

如果放弃或放下

有人适合在晨起时

而有人只待日落时

然而我想这一切只是个假设

是的，我们都活在假设里

十三

紫外线的海域

北国的雪泛着银光

在岁月深处

我们各处一隅

时光很轻

然而名利的枷锁很重，很重

十四

行走在海滩上

无论你富有或高雅

现在的你我

也只是个赤脚翁而已

是啊，我们已索要的太多、太多

此时的阳光

照见我们迷茫的肉身

除了血肉，名利或许就在身外

十五

我不适合海边生活

除非我现在就去学习赶海

可我习惯于旅店里偷懒

或者倚在窗前听海

时光又滴落在树叶上的暮色里

我多么希望有雪落到这里

铺满沙湾，这样我才可以发现

你迷失时的行踪

十六

在这里满眼的紫色或蓝色

那些快乐的天涯沦落人

有人告诉我这里不适合穿牛仔裤

有人告诉我他忘记了灰暗的颜色

而我告诉自己，我要离开

我要回江南去等一场雪

是啊，十二月不能没有雪

我喜欢素色

白雪扑面时的迷朦世界

春天来了

春天来了

原来的乌云亦是花朵

我们军歌嘹亮

我要唱一首

意气风发的赞歌

这是与魔兽争道的日子

我躲在我的秘密花园

消解如罂粟的毒液

那么多狼子野心

我们该如何应对

是啊，这样的时刻

就算做梦

都像乌鸦在哀鸣

我担忧的一场战争

看这日月已在变形，弯曲
我们的世界在昏沉下去

还好，我有假装快乐的能力
战神啊，也给我些
降魔除妖的能力……

心弦

每当我拨动心弦

总有一只白鸽飞翔

它悠扬，洒脱

这洁白的羽毛

承载着无限的爱意

然后飞远了

然后不见了

这闪光之爱啊

在我心里，浮浮沉沉

抖动着的是爱

狼狈的也是爱

曼妙的白鸽

就像乐章里

忧伤与甜蜜的音符

此时，闪过一些

无厘头的激动

它诞生后，又化为虚无

中秋月灯

今夜天海如银

那月灯仿佛是秋的果实

多么令人陶醉的夜呵

这一刻

我会把生命里的暗影抹去

是的，今夜

属于你我共有的光环

这会儿的苍穹，如此宁静

我不敢移步，生怕发出声响

我在倾听，云过月边的声音

极目远眺眼前的天堂

何来千古愁

这晚风中的秋波

泛着柔情蜜意的光

可见人间也是天堂

共同沐浴在柔和的光辉里

巨镜之像

漫天繁星落在一潭清亮的河水里

那时我在漾山江的桥上

我面朝着天空，遥想银河里

月亮与星斗的关系，而此刻

天上的它们

又出现在我身旁的漾山江中

银河与星星们

落在像面巨镜的水域中

它们像我梦幻中荡漾的精灵

陌生，无法认清

这是哪个星？

我又是谁？

它们如如不动

我与之排立其中

嘿，此时的我比天空低

比水中星星高出了许多

每个夜里星星们一准集聚在水中
是的，它们总喜欢集体裸浴
我凝视星星闪耀的身体
如你所见，如果没有它们的光芒
或许我会在黑暗里迷失

嗯，此时让我忘记了
夜风里的胆怯与恐惧
天地既真实又虚幻
以此，我对事物不再惊讶
人间缥缈
天地缥缈
我也缥缈
像漾山江里荡漾的星月

窗外总是飘着雨

是啊，病房，既清冷，又落寞
那心啊，忐忑不安

这两天窗外总是下着雨
偶有闪电，雷鸣
人生渺小的存在
一些遭遇，让你猝不及防

窗外的闪电
像一瞬而过的光阴

好在蓝白色的房间
这格调，让原有的心
获得了些许的放松
嗯，你听
窗台正滴落救赎的雨

一个人的章节

早晨，白雾茫茫

翻滚的时间之海

鸟儿唱响新的一天

河水向北，那个孤冷人

站在晨曦微露的路口

试着打开那扇幸运的门

就在开合之间

他恍然觉醒

原来几度春秋皆是梦

冬至

一

雪终究下到了江南
寒潮一波波地侵入我的地盘

我是个寒症患者
在长夜里怀想那个雪中送炭的人

请给予我一盆火
我要在融化冬雪的时候
摄取烈酒的名字
朗读一首大诗
《沁园春·雪》

二

听着雨雪

守着火盆

仿佛时间会慢下来，静下来

梦中的酒瓶空了

醒来，竟忘记了

昨夜与谁对饮

嗯，我晕眩的脑袋

这雪啊，它貌似真的要下了

三

一瓶酒，一件风衣，一首诗

这是冬令的标志

它们会陪着我度过最冷的一季

是的，这酒，这风衣，这诗

是我消解风霜雨雪的法宝

它们能予我冬天

全部温暖幸福

当然，有时，有诗就足够了

如果没有酒和风衣

时光在消隐

太阳在向西沉落
地平线上的光
连同我半截的影子在轻晃

此时，我看见
光在慢慢断裂，在呻吟
我抚摸这一天最后的日光
承受与放弃
由不得的选择

草叶仍在浮动
一天就这样过去了

无论白天或者黑夜
我们都在前行
似乎一切都有盼头
似乎一切朝向尽头

还给我吧

在我的头顶之上

一片蓝色的虚空

鸟群，停止了飞翔

我们身披铠甲

什么时候能再次腾跃

我的胆怯与懦弱

使我不能来看你

你在你的一座城

我守着我，独自的我

你我越发渺小

经受不住狂风

经受不住巨浪

救护神啊

末日永远不会来临

还给我吧

还给我吧

还给我吧

我如梦似幻的日子

漾山江畔

1

这条河水，它存在的意义
多半是给予水草或浮萍滋养

但它也流向我
饱经风霜的形体

而我也像浮萍，有着飘零的秉性

2

修长的宽岸，草坡的绿码头
闸门上载着车马的通道
南河有条持修的鱼
它在修炼飞抵天空的能力

3

这里是我在人间的暂居地
草地，蓬松的树，花香味
飘进层叠的房子

水域唯美，洗净我的浑浊不堪
鸟声很大，大过了我想要的静
我钟情的花园，自然而然地存在着
我无须拿出什么作为交换

4

如果刮风下雨，我要么避而不出
要么在第一时间，努力赶回家

5

流水神奇地存在着

我尽力还原自己喜欢的状态

我们嬉于水，敬仰水，水中有鱼

我幻想它会跃出俗世

是的，谁也不愿被时代遗弃

我一直在抗争

所以，还在坚持自己的秉性

仍在逆流奔波

瞬间光阴

此时，那只小鸟

飞过淡淡的光阴

飞过你居住过的村庄

然后飞向

没有墓碑

长满荒草的半坡

无题

白云在飘荡

太阳在穹顶上

此时，春光明媚

大地深沉，辽阔

而我心仍颤颤巍巍

那些灰暗的部分

总是挥之不去

唉，我又一次

陷入，我自设的愁城

等待时分

我在昏暗的树丛里
等待，夜航的班机

无迹可寻的天空中
消失的信号正越来越近

我蹲守的车内
那束躺在我身旁的鲜花
谢了几瓣花叶

我默然凝视折断的美丽
把伤瓣扔出窗外
你的飞机正降落机场

涂抹在半凉的方寸世界

一

一些在山顶上的人
薄成了一个模糊的影子

而我喜欢独坐低处
周遭布满尘埃
我在半凉的方寸世界
给自己涂抹
一张看不懂的脸谱

二

我的家，在一座
没有钟声的小城
所以，我没有时间观念

我像是个旅人

一个困乏之后才知回家的人

我背离世俗

所以我一直自责于

我的无序

三

时代在翻新

我靠某种光亮支撑度日

是否，可以从陷入的泥潭跳出来

我已衰变得形销骨立

在接近绝望的感受里

我仍想增持

某种力拔头筹的神力

四

他们早已经爬上山顶

以为可以优先进入天堂之门

而我担心的是他们

已经临近山体一侧的万丈深渊

是的，命运无常

但有人始终不肯觉醒

分寸之中

我有一把无形之尺

分寸自在人心

可世人无聊，难免不守分寸

一个无法沉默的人

总会口无遮拦地诉说短长

一个狡诈的人，虽擅长花言巧语

也会偶有失手

伤了别人也伤了自己

是的，信口雌黄的人

总会令路人噤声暗笑

言乃心之门户

咫尺之外信口雌黄

像萧瑟秋风

久而久之必败绿叶

所以我出门

总会带一把修正之尺

等同出门带了一把伞

——遮光，避雨

冬雨

不清楚会如此忧郁

那场雨会下到什么时候

那北风呼呼地刮着

风雨它们结伴而来

这风雨突然而来

是否，就像我们

一时兴起的快乐与悲伤

梦在缥缈虚无时

一

他们都在

蹲下去

早晨，叶子

鸟，蹲在树枝

抖擞它们的翅膀

二

女人们

都蹲在火坑

清晨，阳光

蹲在大地上

他在吻她

105

三

月亮，星星
蹲在虚无的天空
黑暗遮着尘世
银光一片片地洒落下来
掠过田野，村庄
我在一条寂寞的小道打坐

四

我画地为牢
蹲在那里不声不响
忽明忽暗的情绪
思想的船里，河水，月色
飘来飘去

我想起那个孤单的人

蹲在一座孤岛

听海的声音

五

房子蹲在尘海之中

瓦砾

蹲在萧瑟的房子上

春天蹲在这儿

花儿蹲在这儿

那些飘荡的灵魂蹲在这里

风蹲在墙角又在尖叫

六

浓雾蹲在河面上飘荡

布谷鸟的回响

蹲在空气里歌唱

这样盛大的音符

但空虚还是触动了我

我不是一只自由的鸟

七

庄稼蹲在土地上

麦苗，稻叶奏着生命的乐章

这些景象

让我一时忘却了迷茫与伤痛

灼烧已久的尊严蹲在胸口

如果受伤

我是否会背离换防……

八

我是个俗人

经常蹲在这些地方

默念

祈求……

佛蹲就在那里

没有回答

九

童年的回忆

蹲在哪里？

那童言无忌的我在哪里了
包括我找不见的青春

当我的视角离开的一瞬间
这些散布在周围的事物
还蹲在原地一动不动……
而我却在无数次地惊愕

十

这半辈子我蹲在一处梦里
一个俗人
在红尘深处蹲久了
思索着
苦味儿，甜味儿……

半夜时光

在十一月的夜里
街灯比十月更暗淡

一些雨缠绕着一座城
一些落寞的思绪莫名涌起

我遇见一些孤独与迷蒙
想要什么？
一个世界，或许就一个角落

我听着收音机
——夜航
沿着一条新路

一些奇妙的声音沾湿我的衣襟
此刻，我沉醉在夜雨中

一个人在汽车的轰鸣声里

在一个天荒地老的路口

这是我发愣的一分钟

红绿灯变幻着它们的节奏

我在寻找下一个站点的惊喜

从一个阴冷的空夜里游荡

从一家茶铺赶到另一处茶楼

喝了一半的茶

写了一半的诗

我们无法安排命运

也无法掌控夜色与冷雨

所有的兴致越发滞缓

我想要的那一节

正被风雨无情地打碎

我随手扔掉一个烟蒂

仿佛也扔掉了这夜无趣的生活

然而灵魂依旧在遭受电击

恍如飘零的街灯，忽明忽暗

五月

一阵清脆的鸟鸣

五月醒来，我也醒来

白云悠悠，鲜花盛开

感谢上苍

给予我这缤纷的时光

五月只是驿站

是的，光阴似箭

还容不得我

刻意地去停止热情

每个日子，它在平衡向前

顺着来，又顺着去

我有我的理想国

无论如何漂移，奔波

我始终坚守心中最美的支点

五月的闪电，像花开的突然
紧急着的雷鸣，暴雨如注
是的，一切都是突然的惊讶
雨停了，瞬间
天空宽广，雀鸟飞翔
花香又在袭人
这是五月的主题
这也是我想要的人生场景

与时消息

1

十二月，那个飘雪的日子
被太美的雪盖了消息

在一月上旬，我去了趟南国
在宽广的大海边
畅想未来，一个心生美丽的地方
我在我可爱的祖国
享受着异地风情

如此，如此
与时美好的消息！
与时忧患的消息！

2

就像故事里的情节
一年初始，新消息！
一场场豪宴
传播着喜庆与祥和
快乐万岁，幸福万岁！
祖国万岁，人民万岁！

3

而我的忧伤挂满心头
我犹如一只惊弓之鸟
读着忧伤的诗体小说

4

我真切感受到剧中的众生
他们真实的悲伤
那份真情让人感动
我抹起了眼泪

那些最新消息……
像丧钟，不时传来

所幸，你们没有畏惧
所幸，你有一个伟大的国家
和伟大的人民

在树下

我只身坐在地上

阵风在吹过我暗恋的花朵

这是火焰的六月

我告诫自己

懂得善待光阴

这是今年的夏季

那些晃悠的影子

几只红嘴的鸟

落在时光上面

我在巨树的阔叶下

那鸟儿隐在枝头

它在重复着它的一句旧词

寻味

黄昏，在东极岛

北风逼灌着我们的生活

聚光灯下

一杯陈年老酒

一瓶西洋红酒

一碗红头冠公鸡的鸡汤

我们喝酒，嘘寒问暖

气氛逐渐变得热烈

酒精是语音的最佳助手

说老板娘是个雅典娜女神

服侍生是个灰姑娘

那我们是什么

我们装着爷们儿的样子

却演不出一个

像城里人优雅的样子

最合我胃口的

依旧是老豆腐，白稀饭

只有它们

会让我慵懒的舌头

瞬间恢复津液上的知觉

感知到食物的奇美无比

夜光

长夜过半，情绪已睡下一半

我们抖擞着精神还在闲聊

杯中的夜色在升腾

我们生怕浪费

这一刻的宇宙光阴

我在思索酿造

一些灯火璀璨的新词

对方是月色，是星光

海风轻拂在岛上

他们把自己最喜欢的热情

奉献给我

我随着紫色的夜光

说，晨梦多好

雨后

从市中心出来，郊外
像是一幅更透气的图画

天光寂静无声
柳梢上的鸟
正啄着逝去的光阴

我俯下身子
嗅到大地散发着的清香

雨刚停，天空中的薄云
闪着紫黄的光

我欣然退后
而万物正热烈地仰天朝圣

光明之夜

数不尽的黑夜如同白昼

当你踩着清脆的脚步
经过昏夜，似乎你
越发神圣，敏感

白日焰火太多
这是尘世的本色
车水马龙淹没我
本可安稳的一些权利

此刻，月黑星稀
我暂停所有的虚妄
在独处的我
这才是我最真实的自己

嗯，我就是我

我可以什么都不是

夜，沉如大海

它长出的香气

与这鸣奏不止的夜虫

是的，红尘不空

喧嚣，才是世间之本性

当下的世界

正是越来越黑的时候

然而，我寂静的心

却越发光明

余晖中的河

那个落日

映照在宽阔的河流

我张开十指的网

深情捧起

这初夏里金色的光

光从我指缝间流出

如是一条漏网之鱼

又像火焰，旋转

随之消失不见

淋雨

这是在雨天

晶莹的雨

像我不安分的心

是的，这哗然声

如泣如诉

正如有人

感觉到的一丝悲伤

天目湖记事

午后，高铁载着
麦芒的天空和那个忧惶的人

天目湖，泛着粼粼波光
像脑海里一闪一闪的思绪

此时，夕阳已悬挂在天边
水鸟唱着一支陌生的小调

落日趁我不备，一溜烟不见了

夜幕遮住我看惯了俗世的眼睛
湖面的灯火，像星宿有序排列

深渊中的鱼儿在追逐着幻光
我早已沉醉

周身仿佛被深水中的秘密缠裹

我抱住一根金色的巨柱
这里是水域，我在天目湖的边界
水中的鱼正啄着你赤裸的身体
啄着我的北斗星

星空下

走吧，你们都走了

留下寂夜，留下孤独的星月

在空调房里，窗外一片黑暗

仍然是患热症的街道

仍然是喧嚣的尘世

此时，我忽然有了一点清寂感

沿途的灯光照着空街

照着一个不想回家的人

我愚蠢地认为

孤独的夜，只要有星月

在我身边

只要温一壶酒

就会忘掉你的冷漠无情

七月你好

夜鸣的蝉声，像一台

从不留痕的时光机器

碾过时间之海

对于我来说，什么是时间概念

每天活着或许就是

听天由命，忍受着

也享受着

时不我待，可时间呵

流逝不返

我在春寒里落下的病

抹上这夏日熬好的良药

茉莉，槐花怒放在六月

我们就此别过吧

还有这狂风暴雨

是啊，盛夏七月

荷塘月色，紫薇花开

就此，我要把那些郁结

体内的霜雪拿出来

扔在七月的炉火中

焚化

黄山游记

风把森林吹得沙沙作响

这里所有的一切，是满眼的绿

溪水奔向新安江，千岛湖——

空气中带着一份幽香

鸟叫声在这大山的腹部

我横卧在一块巨石上

此时的我与鸟一样

恰如一山之主

他们都在往上攀登

只有我一个人停了下来

我已老眼昏花

已无心再赏风景

我叹息，默念

"岁月无折还，黯然忆当年"

往昔春光

我们在同一个天空下呼吸

一起打扮过那时春天的样子

那香气浓郁的路上

一些阴郁荆棘的部分

依旧徒留在体内

你还在春风里盘旋

或又在花丛里闻香

无论岁月如何变迁

我仍能辨认你旧时的模样

是的，一切都尚可连接

此刻，天空又飘过一片薄薄的云

我仍然像一粒尘埃落在你眼前

唏嘘，唏嘘，人生无常啊

往昔里那些缘分像一张撕碎的纸

我要了其中最小的一角

现在我们在努力把它凑拼起来

这一幕幕的黑白影像

一切都还存在？所有的变故

像那些突如其来的闪电

像巨浪覆盖住了过往

但你的原样，在我心中

无数次地升腾

台风后的中秋夜

窗台外，空夜不安分，惆怅，彷徨

萧索的雨声，像我时紧时松的思绪

我寻觅的天空，黑暗盖过江南

盖过我居住过的城市……

午夜十点，天宫二号发向月亮的世界

"莫兰蒂"刚吹过

月亮还在老地方吗

我的心还略带着余惊

我独自在十楼上的灯柱下思忖

天空，少了点什么

忍不住向黑暗的窗外望去

今晚的月光躲到哪去了

嗯，这多了的雨声，像我复杂的心

在肆虐……

本该有的兴象之夜，月光呢

我离开的时候"莫兰蒂"袭击了

南方的一座孤岛

浮华碎了，月亮船被风吹走

万物如同我们晃荡的肉身

虚无缥缈

呼唤上苍

似乎天空折断了一根肋骨

难怪这夜的雨略带疼痛的声音

这个夜晚星星与月色

都有意地避开了这场风雨

一些意外让医院的路径显得有些慌乱

救护车摇闪着蓝光

这神圣之灯，呼唤上苍

他们在求助神的护佑

一个是阎王，一个是救世主

一场生与死的争斗较量

病患们无力地睡在这里

并非无药可救

月光如昨日

形色世界，月光
冷清地照着我们
一些迷人的花儿
时隐时现，那是
我存在着的幻想之美

哦，为什么，有些事
总让人难以平静
曾经的伤，仍在
最寂静的时候发作
今晚月光如昨日
我站在旧时的旷野
想起我熬过的时光
但原处早已变了样
就像我老去的身体

气息茫然的二月

理想的日子，灰变的日子

还要多久，或许在明天

我应该用什么颜色

涂抹在明天的史册上

必须填上春天的颂歌

当然少不了填上阴雨连绵

我悲伤的样子

但一切仍在过程中还没结果

因为除了欢颜

泪水还在不停流出

气息茫然的二月

切下哽咽与危险

切下孤独与黑暗

苦味中的启示

一朵浮云穿过你翠绿的指环

山峦在有节奏的风中荡漾

蹲久了喧嚣的俗世

投入一个日光中的河道净身

你在忘掉一些哀愁的事物

伤痛从两地的花园之间流出

我终于在苦味中得到某种启示

一些如影随形的念头

将我擦了一次又一次

它们恍如一首悲凉的诗

在朗诵中不肯睡去

日光下，那条恒河仍在呼啸

快乐，痛苦在呼啸

你的肉身在炼狱中

匍匐，祈祷

说给自己

这一天我睡过了月亮
睡过了晨光
有时候白昼的梦
更深，更昏

鸟儿飞过去了
夕阳又落下去了

在最好的时间里
它们及时出现
在它该在的位置

我执着的不是鸟
也不是夕阳
是我偏执与不安的心

夕阳在沉下去，我的心

该如何才肯沉下去

海边散步

海浪搅乱我
落在沙滩上的影子

此时，鸥鸟横飞
风划过浪花
划过无尽的海岸线

潮水来了，又退缩
白帆过尽
正像你来了又走

我是个奔波者
倏然间，有所失望
为什么汹涌的潮水
来了，又在退去

我纵身于热爱的海洋

在我奔波的视线中

那潮水莫名调头远去

嗯，它被时光卷了回去

而我陪着不老的岁月

却无法返老还童

星夜

星星，今夜的星空下我一个人

沿途，许多座落满星星的桥
一盏盏草木的灯火
连同那座桥的影子在水中晃动

星星，我独自在你光辉的一面
早已无人的街巷
只有你和我的眼睛对视时
这黑暗才不是地狱

城市早已睡下，星星闪动晶亮的秋波
我也毫无睡意，我与你唠嗑如何

你属于大地上所有的人
我只要你其中的一颗

最亮的，隐藏最深的那一颗

你在黑暗中给予人希望

因你，今夜的我不再寂寥

你灿烂无比

我满心欢喜

暴雨来时

暴雨来之前

我在太阳下

在一个暖暖的巢穴

暴雨来时

把脸裹在被单里

躲过一阵阵的闪电

闪电划破天空的口子

雷声，风声，雨声

此时，我紧绷的神经

在变粗，发抖

我担心玻璃顶棚的缝隙

我再次感受拉紧被单时的慌张

外面的树林子

战栗中的鸟巢里

一只雏鸟在惊雷下

破壳降世

楼外楼上

一栋楼

我就记起了

一条鱼

在碧波荡漾的

河岸

走过一条石径小路

湖风轻轻

拂面、俯视

柳树的绿

遮住

我的眼睛

站在这栋民国的建筑前

有些画面需要重作整理

我抖落

一身的灰尘

夕阳的光照着西湖

楼外楼上

一条鱼

在我眼前的天空跳动，掠过

后 记

写诗十年有余，出版诗集多册，我对自己的诗作却并不满意。

写出好诗，或许只是少数人的幸运。

这些年来，我在写诗的过程中形成了对自己的认知：我只能在诗中写出生活中的小感受，更好的，虽有心，力不足。

或许，正是认知的高度限制了我的表达。麻雀怎么能飞到大雁的高度？

诗人大多认真遣词造句、推敲韵脚，又引入丰富的意象服务于表达。这与汉语的博大精深密不可分。

可我以为，好诗应该既与日常生活相去不远，又回味无穷。

境界的高低决定诗的好坏。通篇华丽辞藻不一定就是好诗，有意蕴的好诗也常无须漂亮的词汇。杜甫的"麻鞋见天子，衣袖露两肘"，白居易的"可怜身上衣正单，心忧炭贱愿天寒"，谁能说不是好诗？

"诗者，志之所之也。在心为志，发言为诗。"格局和心志尤为关键。

好诗的另一特点，是能引起读者共鸣。

读懂好诗也非易事，不仅要能体会汉语的精妙，还要能进入诗人的境界，否则，只能在诗歌的殿堂前徘徊。

作好诗自然更难。

古往今来，诗杰辈出，我不奢望稍望其项背，却也想自身能更进一步，所以，在诗歌创作园地里坚持到了今天。

我慢慢累积审美体会，摸索出了自己的鉴赏路径，并在读诗、写诗时加以运用。确实仍有很大不足，但这是我作为一名诗歌创作者的探索态度。

我就是一名普通的诗歌爱好者，学识和修养远达不到能写出好诗的程度，硬要绞尽脑汁写些宏伟的诗篇，反倒会像是故作深沉，适得其反。写些贴近生活的小诗，再适合我不过。

即便非常努力，能写出好诗也需要运气相助。基于此，我并不刻意作诗，有感触时，才随性一为。自知欠火候，权当浇自己心中块垒。

想二十世纪初，现代诗于中国初兴。它有些舶来色彩，打破了传统诗词对仗工整、平仄合律的要求，作为新奇的文学体裁，风靡一时。百年后，在二十一世纪初，现代诗已经属于中国，发展势头虽稍逊于前，但紧贴着时代脉搏，诗坛已有了西川、欧阳江河、臧棣等一大批优秀诗人。

在我心中，中国诗歌未来可期，而我愿意献上一点微火。